我的中文小故事(14)

zhōng guó shū fǎ
中国书法
Chinese Calligraphy

Victor Siye Bao 编著
曾凡静

北京大学出版社
PEKING UNIVERSITY PRESS

图书在版编目（CIP）数据

中国书法／（新西兰）Victor Siye Bao，曾凡静编著.—北京：北京大学出版社，2009.4

（我的中文小故事14）
ISBN 978-7-301-14716-0

Ⅰ.中… Ⅱ.①B… ②曾… Ⅲ.汉语－对外汉语教学－语言读物 Ⅳ.H195.5

中国版本图书馆CIP数据核字（2008）第190368号

书　　　　名：中国书法
著作责任者：Victor Siye Bao　曾凡静　编著
责　任　编　辑：贾鸿杰　sophiajia@yahoo.com.cn
插　图　绘　制：Amber Xu
标　准　书　号：ISBN 978-7-301-14716-0/H·2167
出　版　发　行：北京大学出版社
地　　　　址：北京市海淀区成府路205号　100871
网　　　　址：http://www.pup.cn
电　　　　话：邮购部 62752015　　发行部 62750672
　　　　　　　编辑部 62753374　　出版部 62754962
电　子　信　箱：zpup@pup.pku.edu.cn
印　　刷　　者：北京大学印刷厂
经　　销　　者：新华书店
　　　　　　　889毫米×1194毫米　32开本　1.125印张　2千字
　　　　　　　2009年4月第1版　　2018年5月第4次印刷
定　　　　价：15.00元（含1张CD-ROM）

未经许可，不得以任何方式复制或抄袭本书之部分或全部内容。
版权所有，侵权必究　　举报电话：010-62752024
　　　　　　　　　　　电子信箱：fd@pup.pku.edu.cn

中国书法

wǒ men cóng sān nián jí kāi shǐ
我们从三年级开始
xué xí zhōng wén　　shàng zhōng wén
学习中文。上中文
kè de shí hou　　lǎo shī jiāo
课的时候，老师教
wǒ men zhōng guó shū fǎ
我们中国书法。

书法

可是在那个时候，我们都不明白什么是书法。

只有老师一个人有
一支毛笔

我们每个人都想试一试,亲手写一写,因为我们都觉得很好玩儿。

老师说让人从中国买一些毛笔，可是等了几年，我们还是没有毛笔。

北京

去年,我们有了一个去北京旅游的机会。

在北京大学,我们上了一堂中国书法课。

老师给我们介绍了"文房四宝"和书法的历史。

还给我们看了一些有名的作品。

老师教我们怎么拿笔,

然后让我们写"永"字。

wǒ men liàn xí le yí biàn yòu yí biàn
我们练习了一遍又一遍。

我们都不明白为什么,老师告诉我们,"永"包含了汉字的基本笔画——

diǎn　héng　shù
点、横、竖……

我们写得都很认真,有的同学还写得非常好。

wǒ men de liǎn shang　　shǒu shang quán dōu
我们的脸上、手上全都
zhān shang le mò zhī
沾上了墨汁，

但是我们都非常开心,因为终于有机会练习中国书法了。

wǒ men měi ge rén dōu mǎi le máo bǐ
我们每个人都买了毛笔,

lǎo shī mǎi le mò zhī
老师买了墨汁。

今年春节前，老师拿了很多红纸，

让我们写春联，

春联

家家欢乐

户户吉祥

虽然我们不太明白那些话的意思,但是我们知道都是祝福好运的。

lucky

写完了以后,我们把它们贴在了教室的门上。

尊师爱友
敬业乐群

kàn zhe wǒ men xiě de dōng xi   lǎo shī xiào le
看着我们写的东西，老师笑了，

尊师爱生风

勤学苦练气象新

恭喜发财

龙马精神

我们也开心地笑了。因为我们觉得我们写得太好了!

我们从三年级开始学习中文。上中文课的时候，老师教我们中国书法。

　　可是在那个时候，我们都不明白什么是书法。只有老师一个人有一支毛笔，我们每个人都想试一试，亲手写一写，因为我们都觉得很好玩儿。老师说让人从中国买一些毛笔，可是等了几年，我们还是没有毛笔。

　　去年，我们有了一个去北京旅游的机会。在北京大学，我们上了一堂中国书法课。老师给我们介绍了"文房四宝"和书法的历史，还给我们看了一些有名的作品。老师教我们怎么拿笔，然后让我们写"永"字。我们练习了一遍又一遍。我们都不明白为什么，老师告诉我们，"永"包含了汉字的基本笔画——点、横、竖……我们写得都很认真，有的同学还写得非常好。我们的脸上、手上全都沾上了墨汁，但是我们都非常开心，因为终于有机会练习中国书法了。我们每个人都买了毛笔，老师买了墨汁。

　　今年春节前，老师拿了很多红纸，让我们写春联，虽然我们不太明白那些话的意思，但是我们知道都是祝福好运的。写完了以后，我们把它们贴在了教室的门上。看着我们写的东西，老师笑了，我们也开心地笑了。因为我们觉得我们写得太好了！

shēng cí
生词

1.	书法	shū fǎ	n.	calligraphy; handwriting
2.	毛笔	máo bǐ	n.	pen brush
3.	试	shì	v.	try
4.	旅游	lǚ yóu	v.	travel
5.	文房四宝	wén fáng sì bǎo		four treasures of the study
6.	有名	yǒu míng	adj.	famous
7.	作品	zuò pǐn	n.	works (for literature and art)
8.	拿	ná	v.	take
9.	包含	bāo hán	v.	include
10.	基本	jī běn	adj.	basic
11.	笔画	bǐ huà	n.	stroke (of Chinese characters)
12.	沾	zhān	v.	be stained with
13.	墨汁	mò zhī	n.	prepared Chinese ink
14.	春联	chūn lián	n.	Spring Festival couplets
15.	祝福	zhù fú	v.	wish
16.	好运	hǎo yùn	adj.	good luck
17.	贴	tiē	v.	paste; stick; attach

练习

请你写出文房四宝都有什么。

你有没有写过春联？你想不想试一下？

试一试

一、把下面的字的笔画数写在表格里

字	法	联	墨	旅	游	福	试	贴	品
笔画数*									

*Number of stokes

二、填字游戏

横向
1. srokes
2. Chinese New Year
3. letter to parents
4. law
5. include
6. ink

纵向
① pen brush
② spring festival couplets
③ festivals
④ painter
⑤ calligraphy
⑥ bun
⑦ fruit jucie

后　记

　　这次创作和以往的不同，是一个充满乐趣的过程。很多故事都是笔者在近20年的对外汉语教学中积累的材料，是真实故事。在撰写和编辑中，我回味了过去在不同国家教学的快乐日子。故事中的人和事，常让自己不由自主地大笑起来。

　　让我感到非常幸运的是，在编写、出版这套小书的过程中，我能够和一帮可爱而充满活力的年轻人合作。第一次和邓晓霞编辑见面时，我们谈起适合中小学生的汉语阅读书太少。于是，我们一拍即合，在很短的时间里就完成了这套故事书的构思和创作。可以说，没有晓霞，就不会有这套图书。

　　作为给年幼且汉语程度不高的孩子们写的故事书，插图在某种意义上比文字还要重要，所以我真的很幸运，得到了充满童心、阳光健康的画家徐媛的大力支持。我们在画面风格、内容等方面进行过充满乐趣的讨论，非常默契。

　　这套故事书能够出版，需要很多人的付出。另外一位是我从未见过的、负责排版的张婷婷，我们通过网络联系，现在已经是非常好的朋友。正是因为有这么好的团队，我有了继续写作的动力，相信我们今后的合作会更加愉快。

　　在这套故事书编辑和出版的过程中，我的孩子Justin出世了，让我感到双倍的快乐。

　　在与出版社讨论书名的时候，我们决定把这套书一直出版下去。首先出版的20本，希望能得到广大读者的反馈，以便对后面的故事进行修改。欢迎和我联系：victorbao@gmail.com。

Victor

首期推出以下20本

我的中文小故事

1. 小胖
2. 两个轮子上的国家
3. 看病
4. 弟弟的理想
5. 我的中文老师
6. 为什么要考试
7. 奇怪的讨价还价
8. 美国人在北京
9. MSN
10. 中国菜
11. 伦敦的大雾
12. 跟老师打赌
13. 快乐周末
14. 中国书法
15. 两个新同学
16. 母亲节的礼物
17. 没有雪的圣诞节
18. 最早的独自旅行
19. 寻找宠物
20. 学校的运动会

第二辑推出以下20本

我的中文小故事

21. 吵架
22. 我的好朋友小鸟
23. 机器人
24. 公园里迷路
25. 国宝熊猫
26. 环保购物袋
27. 旗袍
28. 容易受伤的男人
29. 小甜甜
30. 愚蠢的小偷
31. 打错的电话
32. Yes和No
33. 中国人的称谓
34. 网络视频
35. 快乐是可以传染的吗
36. 生日会
37. 演出
38. 中文课上的时装表演
39. 在北京滑冰
40. 会跳街舞的中文老师

From专家

　　学一种语言,教科书和老师当然很重要,但语言学习学的是技能,而不是知识。学习技能需要不断实践,否则不仅不会熟练,还可能边学边忘。从事汉语教学的教师,几十年前就呼吁编写课外读物,但一直应者寥寥。可喜的是近年来汉语学习课外读物陆续出版了一些,"我的中文小故事"就是这个园地里的一朵新花。这套图文并茂的小故事内容贴近孩子们的日常生活,突出了中国文化特色,并涉及多方面的新鲜事物,相信孩子们会在快乐阅读中,温故知新,中文取得明显的进步。

——刘月华教授,先后任教于卫斯理学院、麻省理工学院、哈佛大学

From一线教师

　　我把"我的中文小故事"推荐给初学汉语的小朋友后,他们非常高兴。书里的故事贴近孩子们的生活,有些情节他们甚至亲身经历过,所以他们读的时候很兴奋。这套书语言简洁,情节幽默,还有非常贴切的插图。虽是课外阅读材料,但作者十分细心,不但列出了生词,还设计了练习,既能帮助学生复习故事涉及的内容,还能激发他们进一步思考。最值得称道的是,故事中孩子们觉得最搞笑或者最开心的地方,往往是汉语学习中需要注意的重点和难点,这样,孩子们在开怀大笑后就牢牢地记住了这些内容。我会把"我的中文小故事"推荐给更多的孩子,让他们在阅读中学习,在阅读中体验快乐!

——许雅琳,杭州国际学校中文教师

FROM孩子们

　　My little Chinese Book Series that Mr. Bao created is really fun as we learn new vocabulary with no fear of the language itself. After I read the first 20 books, I am more confident in reading Chinese now, I do enjoy reading Chinese books now.

——Lizzy Brown, from Australia

- 这个故事书的topic很吸引我,插图很好玩儿,很有创意。生词很简单,练习可以让我有想像力。《跟老师打赌》最吸引我。

——Wongi Hong, from Korea

- 我觉得这"我的中文小故事"对刚开始学中文的人很有帮助,不认识的字可以看拼音,还可以看生词表。

——Erica Jin, from Australia

- 故事很短,很快就能看完,是一个minibook。插图很好笑,让我很开心。生词很简单,还有pinyin。Pinyin让故事更简单。我喜欢《小胖》。

——Daniel Zhu, from Canada

- 我觉得故事很容易读,画儿也很好。有不懂的字,看画儿就懂了。

——Khushbu Rupchandani, from India

　　"我的中文小故事"很容易看明白,我觉得这套书很有意思,是我学习新词的很好的途径,用这套书学中文很有乐趣,我喜欢"我的中文小故事"!

——Reeza Hanselmann, from Germany and America